KB058294

소나기 지나고 난 자리는 밝다

seestarbooks 017

소나기 지나고 난 자리는 밝다

이옥주 세 번째 시집

스타북스

시인의 말

오랜만에 연필을 깎았다. 손에 느껴지는 나무감촉이 새롭다.
연필심을 다듬는 손끝에 사각거림이 묻어난다. 연필을 깎아
연필꽂이에 넣어두니까 마음이 정돈된다.

나무와 숲과 새들이 주는 섬세함과 사람에 대하여 생각하다
어느 문장 안에 나를 놓아 봤다. 시를 쓰고, 다듬고, 다시
읽어내고…, 새벽이면 시에 대한 갈증이 밀려왔다. 하고
싶은 말은 무엇이었을까. 내 안에 있는 그 무엇을 쓰고
싶었는지도….

내게 주어진 하늘 푸르른 날
나무도 거리도 젖어드는 비 오는 날
모두 사랑한다.

이제 간직한 채 밀려났던 날들을 먼 거리로 떠나보낸다

소나기가 지나고 난 자리에서
이 옥 주

c o n t e n t s

제2부

제3부

제4부

제1부

소나기 지나고 난 자리는 밝다

-혜진에게

대학로에서 연극을 보고 나왔지
소나기가 쏟아지고 있었어
습한 기운이 몰려오고 주룩주룩 빗줄기는
더욱 굵어져 투명우산 두개를 샀지
비를 잠시 피하려 처마 밑으로 들어섰고
뜨거웠던 지표는 식어가며 더운 수증기가 오르고
비는 거리를 파내고 있었어
초록빛 네 스커트는 짙어지고 나뭇잎도 짙어졌지
우리는 마주보고 웃었고
서로를 생각하는 마음 가득했지 그때
멀리 있던 사이가 가까워졌던 거야
연극의 줄거리는 남자의 양다리 여자관계인
코미디였지
너는 고양이 스타일의 매력적인 배우가 예쁘다 했고
나는 강아지 스타일의 귀여운 배우가 예쁘다 했어
즐겁고 가슴 설레었던 시간이었어
투명 우산 속 너는 배우보다 더 예뻤고
나를 향한 귀한 정은 들뜨게 했어
소나기 쏟아질 때면 그때 생각이 나
아직도 그 우산을 간직하고 있어

비 오는 수요일

태풍이 지나가는 아침이다
마침 비 오는 수요일이고
지하철역 안 벤치는
크고 넓고 딱딱한 갈색 나무둥치이며
휴식이며 요새이다
바닥에 누군가의 아침 식량이었는지
달걀껍질이 나뒹굴어져 있다
한 끼의 아침밥이었을지도 모르는 그에게
껍질을 치우지 않았음을 나무라지는 않는다
충분한 물을 마셨기를 바라고
바쁜 그에게 오늘 하루도 편안하길
빨간 장미를 품은 하루의 시작이길

매미 나방

방충망에 달린 벌레 한 마리
안에서 툭 치자 베란다 바닥으로 떨어진다
작은 움직임이 드러났다
날아가기를 바랐지만 다시 보니
그 자리 그대로이다
비는 흩뿌렸다
어쩌자고 그곳에 붙어 있었는지
날아갈 거라 여겼던 일들은 쉽게 부서지고
단단하던 믿음도 엷어진다
애벌레로 태어나 지금까지 자라
비 오는 봄날에 날개를 접어 버린 이유를
알지 못했다
바람에 날개가 떨렸다

새장

우체국 앞
리어카에 실린 버려진 새장 안에는
휴지 조각들이 가득 차 있습니다

금빛 새장은 공중에 매달려 있었겠지요
갇힌 새장 안에서 새는 주인을 위해
고운 소리 들려주었을까요
차가운 금속 망에 발가락 걸치고
울어 댔을까요

멈춰 서 조심스럽게 귀 기울여 봅니다

날아가기 원했던 새는
겨울 눈 속으로 날아갔을 겁니다
깃털을 날리며 가볍게

겨울은 채워지지 않고
버려지는 날들이 많아집니다

밝혀두기

어린 준혁이는 화병에 꽂아둔 꽃에게
물 많이 먹으라고 빨대를 넣어 주었다

접어둔 검은 비닐봉지 속에서
연둣빛 싹이 붙은 양파 한 알
유리병에 담아 올린다

힘겨워 밖으로 나가고 싶기에
숨어있던 어둠이 싫기에
밝은 빛이 필요 했나보다

겹겹이 덮어 두었던 모르던 선들이 한 곳으로 모인다

투명하게 보이는 부분은 그대로 남겨져 있다

갇혀 있기 싫은 것이 분명했다
온기를 받고 자라고 있다

견딤은 지나가는 그림자이다

지하주차장 자동차 위에 늙은 고양이 앉아 있다
새벽 허기 달래며 사람을 피하지도 않고
담담해진 모습이 조금은 위태롭다
허공 노려보며 오르던 패기는 어디로 갔는지
어둠 뚫던 때도 있었겠지
담벼락 타며 넘나들던 날도 있었겠지
현란한 낙법 자랑하던 시절 꺼내 돌아보며
눅눅해진 몸 핥아 털 고른다
기껏 겨울을 나기 위해 지하주차장에 숨어들어
휘발유 냄새나는 엔진 밑에 웅크려야 하는
견딤을 덜어내고 있다

걷고 있다
견디고 있다
일어서는 그림자가 들썩이고 있다
몸은 거칠게 흐른다
지난 시절을 기억하는 몸놀림은 어색하다

춤추는 것을 위하여

담장 사이 붉은 벽돌 한 장 들어내면
바람이 춤추며 한가로울까
지붕 위 검은 기와 한 장 들어내면
빗방울은 춤추며 머무를까

지나가는 바람이 머리카락에 쌓이고
떨어진 빗물에 손가락 움직이고
삐걱거리던 몸이 말한다
미움의 방향에서 멀어진다

지워져간다
안개를 심고 춤추는 기척은
손끝으로 전해지는 한 자락으로
어긋난 약속의 창을 열게 한다

열리지 않던 창이 조금씩 열리고 있다
끊어진 선들을 이어 붙인다
느슨하게 풀어둔다

내밀어 잡은 비어 있는 순간에 힘을 준다
아무도 없는 빗속을 날아가고 있다

저녁 무렵

겨울 나뭇가지 사이로 베어내듯 퍼져가는
햇볕 조각이 떨어지고 있다

온 힘을 고른 펼쳐진 날개가
산등성이를 거슬러 올라간다

거리로 저녁이 들어오고 있다
어두워지는 것은 지나간 소식이 된다

오늘은 아직 떠나지 않고
서로의 등을 믿는 모습으로 남아 있다

잊고 있던 자리에
누군가의 메시지라도 받는다면

발자국이 머물렀던 자리에
떨어지는 별빛이 지나간다

그런 밤의 부호가 하나씩 늘어난다

강물처럼 흘러간다면

밤하늘에 전화를 건다
임금님 귀는 당나귀 귀라고

대나무 숲에 소리를 담는다
힘든 과정 털어 버리려고

들여다보니
남아 있는 글자들은 지우지 못했다
긁혀 있는 부분에 손을 얹는다
덮어진 듯하다가
손을 떼면 다시 보인다

닿아있던 끈은 멀어진다
강물 같이 흘러간다면 지워지겠지

사람을 위로 해 줄 수 있는 그릇인가를
밤새 되짚어 봤다

그를 너무 모르고 있다
오해의 답을 뒤집을 수 있는 내일은

없는 것인지도 모른다

생각의 차이는 더욱 더 멀어지고
설명되지 않는 이야기가 지나간다
다시 돌아가기 위해 단단해지는 탄성이 필요해졌다

가슴 안쪽에 흐릿한 대답이 있어
따라가 머뭇거린다

살아가는 힘

큰 나무 밑
부러진 나뭇가지를 몇 번이고 물고 가는
까치를 보았다

가지를 잘게 잘라 놓아 주었다
부리에 물어 나르는 나뭇가지는
든든하게 집을 짓는 버팀목 되어
알을 품을 수 있을 거라 믿었다

둥지를 지으려 애쓰는 흔적이 보여
한참 동안 그 자리에 서 있었다

산다는 일은
힘든 것도 슬픈 것도 이겨내며
도착해야 할 어떤 지점일지도 모른다

겨울이 시작하려 할 때 아보카도 씨를
빈 화분에 심었다

찬바람이 가까워지자 싹이 나왔다
모두 살아가기 위한 힘을 품고 있었다

바다로 가는 길

우리는 봄꽃에 대해 이야기했다

냉이 꽃이 미풍에 흔들렸다
목련이 하얗게 부풀었다
봄 햇살 받고 날아가는 까치 그림자를 보았다

어제의 하늘은 코발트 블루였다
모래 색과 잘 어울릴 거라고

오늘의 하늘은 우울이었다
바다 색으로 덮으면 좋겠다고

그 밤
우리는 조금은 슬픈 음악을 들었다

낮잠, 달님

1. 낮잠을 재우려고 손자를 품에 안아

할머니: "눈 감고 무슨 소리가 들리는지 잘 들어봐."
어서 눈을 감아 보라고 재촉했다

준혁이: "눈 떠도 잘 들려."

할머니: "눈 감고 들으면 더 잘 들린단다."
긴 속눈썹을 내리고 토닥이는 잠 속으로 들어갔다

2. 보름이 이틀 지난 새벽달을 한참 쳐다보며

준혁이: "할머니! 달님 속에 뭐가 있어?"

할머니: "글쎄, 토끼가 들어 있나."

준혁이: "햄스터도 들어 있고, 새도 있고
꽃도 있고 여우도 있어."

할머니: "아! 그렇구나, 맞아."

33개월 된 손자와의 대화입니다

입수入水

물의 밀도를 알지 못했다
물도 질기다는 것은 알 수 있었다

가벼운 몸놀림들이 물속으로 낙하한다
호흡 가다듬고 턱을 당긴다

눈 크게 뜨라는 말은 지워졌다
먼저 감는 눈꺼풀은 무서움이 먼저였고
모르는 사이 머리를 든다

물결에 닿아 몸이 부력을 받는다
미끄러지듯 들어가야 한다
부딪히는 피부 마찰음이 커지고서야
잘못된 걸 안다

어려운 과제가 하나 생겼다
발로 밀며 가볍게 물속으로 뛰어 내리기
겁 없이
더 고개 숙이고
겸손해져야 잘 뛰어내릴 수 있다는 것을

오래된 느티나무 옆에서

그 굽은 모습은 말을 닮아 있었다

겨우내 검은 기둥을 두르고 있는 자국이 빛났다
큰 구멍이 두 개나 뚫려 있어 바람을 모으기도
내뱉기도 하는 듯 보였다
두텁게 껴안은 껍질은 상처를 품고 푸석거렸다
잔설은 말갈기를 이루고 있었지만
지난겨울은 모든 것을 놓고 있는 자세였다

나무는 살아 있는 걸까
겨울을 얼마나 버텨 왔을까
무엇인지 모를 궁금증을 유발하고 있었다
새순이 나오지 않을 거라 단정 지었고
꺼낼 수 없는 슬픔이 두개의 구멍에 자리하고 있었다

추측은 봄이 오며 지워져 갔다
뻗어나간 가지들에서 작은 싹이 나오고 있었다

잎은 무성해지며 여름을 부르고
나날이 달라지는 그늘에 새들이 모여들었다

살아 있다는 신호를 보내왔다
달리는 말의 울음소리 들려왔다

지워지지 않는

하늘빛이 순해 보였다
봉숭아꽃 맺힌 화분이 있던
골목을 서성이고 있다

메꾸지 못하는 사이로 모래바람이 드나든다
찾아지지 않는 모습을 찾아가며 부대꼈다

어설픈 끝내기는 쉽게 부서지고
정지된 화면이 되기에는 너무 멀기만 했다

남아 있는 어둠은 어디로 가는지 모른다
무수한 밤은 어렴풋이 피어나는
안개의 구조를 닮아가고 있다

헤어짐에 익숙해지기 위해
기억은 골목길 너머로 부딪혀 가고
잊는다는 사실을 알기 위한 연습을 시작했다
오늘은 그를 생각하며 내가 더 아팠다

어둠, 기다림의 크기

낮에 보았던 하얀 달은
몇 시간 후 머리 위 비추고 있다

불 꺼진 유리창 앞에 서 보니 낮의 흐름들이 몰려온다
어두워진 거리로 지나가는 자동차 헤드라이트와
건너편 이층집을 개조한 카페에는 불이 밝다
늦은 밤 찻잔에 담긴 뜨거운 어둠의 색을 익히며
입술에 닿는 커피는 어떤 의미가 있을까
어둠의 표면에 안개 같은 흐름이 스민다

달의 사진을 찍는다
창을 통해 비친 모습은 달라져 변해간다
굴절된 달빛이 어둠을 파고 든다

어느 곳에서 보든 달의 모양은 같겠지만
어둠의 크기는 서로 다른 무게가 있다
기다림의 크기는 또 얼마나 다른지
그 수치는 얼마나 깊게 패어가고 있을지
꺼내지 못한 말들은 얼마나 많을지

손가락에 힘 주어 창을 연다

밤바람의 움직임을 듣는다

지금 잠 못 드는 이에게 안부를 묻는다면
젖은 눈을 감고 있겠지

산책

이름 모를 새의 노래에 발을 멈춘다
귀 기울이다 그 새의 이름이 알고 싶어져
나름대로의 이름을 붙인다

봉오리 진 매화에서 눈을 떼지 못한다
겹겹이 묶어 놓은 꽃잎이 작은 원을 지어
가지마다 넘치게 붙어 있는 모습이 터질 듯하다

좁은 길 가운데 차지하고 앉아 있는 고양이
낮게 날아가는 참새에게 놀란 발짓을 해대면서
내게 길을 비켜줄 생각은 없는 듯하다

사람에게는 심장의 노래와
환하게 짓는 미소가 있기에
가슴 속에 작은 새를 간직하기도
매화 향을 품기도
고양이의 몸짓을 새기며 살아가는가 보다

아이들의 맑은 웃음소리 들린다

짙푸른 하늘에 낮달이 피어 있었다

제2부

섬

섬에서 살고 싶던 때가 있었지요
일 년이란 시간을 갖고 싶었습니다

사계절을 다 알고 바다의 눈물을 일구는
파도를 삼키기 위해서였습니다

이룰 수 없는 것은 더 간절해지겠지요
멀리 있는 것은 더 쓸쓸해질 겁니다

별이 많이 모이는 곳
바다가 있고 그대가 있다면
그냥 좋을 거라 여겼습니다

그곳에는 수많은 파도들이 모여 있다 돌아가고
다시 모이고 또 잊혀집니다
반복이 익숙해지는 모래톱은 조금씩
작은 배를 밀어내고 별빛이 쌓여갑니다

숨소리 고르는 갈매기 높이 날아갑니다
수평선은 짙게 놓여 있습니다

저녁노을은 접혔다 다시 펴지며 내일을
남겨 놓습니다

일 년을 기다릴 겁니다
그래도 그 섬을 다 익힐 수는 없겠지요

산을 말하다

어둠이 찾아오면 산등성이는
웅크린 소의 모습으로 변한다

큰 눈에 깃들어 있는
슬픔은 먼 곳 향하고
입속은 흘러든 어제를 되새긴다

별빛이 하나 둘 채워지면
어미 소 옆 송아지 울음도 배어난다

밤바람이 등을 핥고 가면
묶이지 않은 평온을 알아차린다

등줄기에 밤새 눈이 흩뿌리면
흰 소 되어 아침을 맞는다

폭우

길게 늘어지는 차가운 모습에
무뎌진 속내를 덜어내고
빗물은 쌓이지도 못하고
아스팔트 위에 몇 초를 보내고 흘러든다

돌아서는 그의 빈자리를 허전해한다
알고 싶지 않기에
바로 지워져가는 느린 한 쪽의 모든 것
덜 자란 끝없는 헤어짐은
어색한 일이 되어 하루를 드러낸다

지닌 것 없는 흐릿한 시선을 품고
다시 일어서는 빗줄기를 바라본다

쏟아지는 소리 캄캄하고
돌아가는
길은 어둑하다

겨울나무

차가워진 손으로 그의 손을 잡을 수 있을까
입김으로 녹여내고
품속에 넣어 덥혀내기로 한다

그는 내 혈액형을 알고 있을까
나는 그의 혈액형을 모른다

멀리 있었고 이름을 불러 준 적도 없다
걷어내지 못한 막은 늘 끼여 있어
둔탁한 겨울나무는 소리를 낸다
어둡다고 불을 밝혀달라고

아무런 대답 없이
하고 싶은 말 다하지 못해
어우러지지 않는 덩굴로 닳아진다
겨울을 잊으려 견디고 서 있다

허옇게 걸린 손톱은 잘리지 않으려
더듬이를 켠다
반월이 떴다

거미줄

목에 붙어 있는
나비를 구하기 위해 나비를 없애야 했었다
먹구름 위에 누워
깊은 잠으로 들어갔다

먹구름은 비되어 내리고
빗물 위에 누운 채 기다려야 했다

어둠에서 깨어나니 붉은 거미줄이 생겨
살갗을 파고들어 자리하고 있다
거미줄을 가리기 위해 마구 싸맸다
더위가 몰려왔지만 멈추지 못했다

눈물에 달려 거미줄 사이로 흐르는
찢어진 자막 같은 소리 들려왔다

씻어내도 지워지지 않고
거미줄은 그대로 남겨졌다

새살은 돋아났지만 비어 있다
나비는 어디로 갔을까

풍경

볼 수 있나요
데이지 꽃잎이 열리는 순간 있고
작은 벌새가 물대로 찾아와
날개 바삐 움직이며 물먹는 모습 보았지요

그릴 수 있나요
꿀벌이 배꽃에 앉아
잠시 꿈을 불러들이는 모습 아래
봄밤이 스치는 것을 그렸지요

달빛은 배꽃을 하얗게 할퀴었지요

들을 수 있나요
수초가 물살에 흔들리고
바닷속 열대어의 신비스러운 무늬가
살아 움직이는 것을 들었지요

움직이는 모든 물체는 춤추고 있었습니다
투명한 풍경이었지요

봄빛을 나누다

매일 다르게 봄꽃들이 다투어 피어난다
마을버스 뒤에서 들리는
개나리 꽃잎 같은 통화 소리가 소근 거린다
경동시장에 다녀오는데
오이지가 노랗게 익었어
짠지도 얼마나 맛이 있는지
너도 주려고 몇 개 더 샀어
하늘빛이 푸르렀다
세 살 준혁이가 내게 과자를 내밀며
할머니 나눠 먹으면 더 맛있어 하던
그 고운 말이 떠올랐다

봄을 탐하다

잘려 나간 벚나무 가지의 속살을 본다
뻗어나가려면 다른 방향으로 걸어가야 한다

기다려야 한다
조금씩 새 살 오르면
그 자리에 있어야 하는지를 알게 된다

다시 있던 자리로 돌아오는
제 그림자를 지켜본다
믿지 못했던 것은 지나간다

빗물을 머금은 어제는 여릿하고
시계추의 흔들림으로 보낸
오늘을 펼쳐 본다

봄이 열리는 시절을 돌아보려 한다

오래된 연못에
물고기 두 마리 봄비 속으로 뛰어들고 있었다

오월

안심할 수 있는 색감이 필요해졌다

올려다보니 하늘이 푸르다
따뜻해진 햇볕 위에 발걸음 옮겨 놓는다
부드럽게 펼쳐지는 바람을 안아본다

도드라지는 색감이 필요해졌다

장미꽃의 붉어진 유혹이 눈을 찌른다
떨어진 꽃잎 손끝에 비벼본다
지문에 깊은 향이 남아 먼 이국을 불러낸다
부풀어진 장미향에 가시를 지운다

꽃 그림자 훔쳐낸 거리에
어둠이 교차되어 지나간다
우리는 그 자리에 있을 거라 믿고 있다

오월에는 헤어지지 않기를
너무 멀리 있지 않기를

빈 곳

넣어둘 곳을 찾는다
부족한 무엇인가를 담기 위해
발걸음은 빨라지며 허둥댄다

자주 쓰는 낱말이 낯설어 흐릿한 표정 짓는다
내 안에 불편해진 바람이 있다

굳어 버린 말이 침묵을 불러온다
다른 길 걸어
모두 바꾸고 싶은 자리가 있고
강한 꺾임은 속도를 잃고 만다

벚나무 아래 서 있다 와야 할 것 같다
날리는 여린 잎을 손으로 받아 봐야겠다
그래야
가슴 안에 불던 바람을 재울 것만 같다

벚나무 둥치에 곁 자란 작은 가지에 꽃이 핀다
밤바람이 등에 차갑게 붙는다

숲의 방향

그 숲에는 어떤 꽃이 피는지 알지 못했다

부르지 못한 꽃잎의 단어는 남아 있고
별다른 일은 일어나지 않았다
말을 하고 싶었지만 할 수 없었고
그렇게 무심하게 지나가 버렸다

있지 않은 것에 대한 치우침 없이
그냥 무덤덤했었다
원래 그런 거라 생각하고
아무런 반응이 일어나지 않았을 뿐이었다

다행이었다
무심하게 지어낸 웃음이 그늘에 배어 있었다
그곳에 새겨지는 말들은 방향을 잃고 있었다

오늘은
그 숲에 가서 그림자에 이름을 붙여 오려 한다
새롭게 지어 주고 불러 줄 것이다

그곳에는 다양한 모습의 이름이 드나들고
지나가면서 잊음을 데려갈 것을 알기에
나무들은 스러지지 않았다

비둘기와 씨앗

연둣빛 물이 나무에 오르더니
바람이 온화해졌다

건너편 다세대 주택 옥상 텃밭에
무언가를 심는 모습이 보인다

다음 날
비둘기 서너 마리가 그곳을 정확하게
파내고 있다

기억하는 것은 늘 어렴풋했지만
그들은 일찍이 알아 버린다

봄비가 한차례 지나간 뒤
텃밭에 파릇해진 문장들이 이어지고
시를 쓴 듯 가지런하게 몇 줄이 씌어졌다

덩굴장미의 소란

담벼락에 던진 유리컵의 파편들이
꽃이 되어 넘어졌다
담은 붉은 색으로 칠해진다

애써 지은 미소가 덩굴이 되어 쏟아진다

같이 가야 할 나날이 많아지고
호흡에 붙어 찾아온 나비는
장미의 열정을 알아차린다
더듬이에 실린 여린 바람은 향기를 덮어온다

가시가 자란다
붉은 볼을 감싸기 위해

봉오리 진 꽃잎은
야생으로 돌아가고 싶어 바깥을 향해
새롭게 태어난다

소리, 꽃구경

아침 창을 열면

애타는 닭 울음소리
어서 일어나세요 여기 있어요

자동차 바퀴 구르는 소리
지금 가고 있어요 늦지 않을 겁니다

누군가를 향한 개 짖는 소리
얼씬도 하지마세요 믿지 못해요

반가움의 까치 소리
또 만나는 군요 어제는 만났던가요

뻐꾸기 우는 소리
지켜보니 아기 새는 잘 자라고 있네요

소리는 빈 하늘로 옮겨 갑니다

아침 숲길에 다다르면

토끼풀과 닮은 다른 괭이 꽃
강한 근성을 지닌 민들레
바람에 흔들리는 냉이
떨어진 듯 가녀린 제비꽃
민들레와 비슷한 꽃 마리가 한창입니다

밤을 견딘 들꽃들의 이름입니다

부용과 러우, 실루엣

조그만 팻말에 이름이 붙여진
다육식물을 들였다
몸짓에 어울리는 이름도 어여쁘기도 하다

물을 자주 줘 허브를 죽이는 내게
어떤 인내심을 부여할지 궁금하다
만져 보고 각이 딱딱하지 않고 말랑거려
수분이 없다 싶을 때 물을 줘야 한다

적당함이란 무엇일까
이리 치우치지도 저리 치우치지도 않는
적절한 것일까
중간을 찾기는 어디에 기준을 둬야 할지
망설여진다

기준점에 따라 달라져야 할 것 같다
조금씩 비우는 일과
조금씩 채우는 일이 따라가 만나는
지점이 중심이 되어 적당이 될 때까지
기다려야 한다

식물의 비움을 재 보니 어려워진다

손가락의 촉각을 세워보며

오래 보고픈 마음에 물 주려는

내 속을 눌러 본다

새의 깃털

벌레 먹은 나뭇잎 사이로 비는 통과했다
습기를 빨아들인 나무둥치에는 버섯이 자라났다

밤새 많은 비와 천둥 번개 지나고
간간이 내리는 빗방울에 이마가 젖는다
아스팔트 바닥에 새의 깃털이 붙어 있다

모든 것들을 쓸어 갈 듯 세차던 빗줄기 아래
새들은 어디에서 숨소리 고르고 있었을까
어둠 속에서도 두려워하지 않았을 것이다
다만 깃털 하나를 잃어 버렸을 뿐이다

새는 깃털을 찾지 않는다
그건 어제의 일이 되어 다시 돌아오지 않는다

젖은 흔적을 남기고
가벼움을 선택했기에
더 먼 곳을 바라보는지도 모른다

비는 다시 굵어지고 있다
발자국을 털어내며 벚나무 위
새 한 마리 날아가고 있다

장마

빗소리를 듣는 새벽이 재생됩니다

며칠째 밤마다 창문에 들이치는
불면의 빗소리는 번져갑니다

강약의 반복이 끝나면
흐르는 빗물이 고였습니다

라디오에서 들리는 당신의 목소리는 젖어 있습니다
오늘은 별들도 젖어 있습니다

어둠이 비를 맞으니
기다림의 무게를 조절할 수 있는 채널이
필요해졌습니다

긴 잠을 자는 일이 어려워지고
파드득 새가슴이 되어 창 밖 일이 궁금해집니다
조경 급수함에 알을 낳은 어미새는
이런 날 어떤 잠을 자는지요

빗소리가 점점 유리창에 박혀옵니다

카네이션

오월이면 기억되는
감사와 존경을 나타내는 꽃
애틋하게 피어났다

길을 걷는다
내 어머니도 걸은 그 길을
나도 어미가 되어 걷고 있다

어머니는 힘들다고 소리 내면
들어주는 한쪽 귀가 되어준다
말없이 토닥여 주는 손길이 된다

다 괜찮다고 다 감사하다고
어머니의
둥근 날이 내게도 도착하기를

매미의 일정표

땅속에서 칠 년을 기다렸다네 맴맴 나무에 붙어 울기로 했지 울기도 힘들어 높은 음을 내야 하기에 매엠 맴 진동막에서 내는 소리는 멀리까지 갈 수 있다네 맴맴 나무 밑 땅 속은 온통 어두웠고 뿌리들은 너무 많아 미로였다네 그래도 수액은 충분했고 이젠 도시에서도 잘 견뎌내지 매엠 맴 자동차 매연도 견딜만하지 이 거대한 도시에서 사람들은 모두 잘 살아내더군 맴맴 한 달 밖에 못 사는 숨이라도 열심히 울어대면 짝을 만날 수 있다네 나무에서 살다 다시 땅 속으로 가는 순환이 힘들어도 매앰 맴 사람들의 귀를 시끄럽게 하는 팔월이지만 우리들은 즐거워지는 한여름이지 맴맴 아침부터 밤까지 아니 새벽까지 울 수 있다네 소리만 울릴 뿐 눈물은 말라버렸지 매엠 맴 도시의 불빛은 너무 차가워 가끔 비바람도 친다네 눈물 없이 오늘도 내일도 들어보시게 맴맴 매엠 맴

새는 날아간다

새들은 몇 개의 바깥을 가졌다

새들이 떼 지어 저녁 비행을 시작했다
펼쳐진 바탕에 하얗게 초승달 걸리고
새들은 그들의 이름으로 달을 잡아보려 한다
숨겨진 그들만의 방식으로

둥근 각도 그리며 날아든다
허공을 두드리는 부리는 단단해지고
앞서고 뒤따르는 날갯짓이 새롭다

무리 짓는 일은 움직임이자
풀어지지 않는 약속이 되어간다

푸석해진 저녁노을에 기대어
오후를 흘려보내고 있다
노을의 명도는 밝음이어서
덧칠 되어가는 한 획에 의미를 더해간다

새떼들의 공중회전은 계속되고
리듬과 운율을 맞추고
점점이 박히는 까만 글자들만 남았다

제3부

그림자

건널목에 서 있는 내 그림자
초록불이 되려면 아직 멀었고
자동차가 지나가면 그림자는 어찌될까
뒤로 물러설까
차도에 깔려 있는 그림자는 무게를 잃고 서 있다

흰색의 자동차가 지나가며 나를 싣고 떠난다
택시에 비쳐진 몸은 또 다른 곳으로 떠난다

신호등이 바뀌지 않았으면
나는 계속해서 어딘가로 실려 가겠지
가볍게 올라탄 자동차에서 나는 울지도 모르나
떠날 곳을 정하지 않았기에
더 자유로울 수 있을지 모른다

청춘이었다

나무에 물 오르고 새싹에 눈이 멈췄다

소나기를 흠뻑 맞았다

떨어져 나가는 나뭇잎 밟으며 정동 길 걸었다

함박눈 맞으며 종로거리를 헤맸다

그때를 푸른 시절이라 부른다

버스 정류장

드문드문 눈발이 희끗하게 보였다

묻지도 않은 말을 하고 후회했다
물어도 말하지 않던 날도 많았는데

눈이 날린다고 버스를 기다리는
옆 사람에게 말했다

올해 겨울에는
눈이 오지 않는다는 말도 곁들였다
오후에 비가 온다는데 우산은 가져왔냐며
걱정을 해댔다

버스가 오고
서둘러 차를 타고 말없이 갔다
이런 날씨라면
종점까지 가야 할 것 같다
내리지 않고

너에게

너의 등에 붙은 별은 흐려지지 않을 거야

네 손을 잡지 못 했어
너는 안개 같은 흔적을 지녔지
말 하지 않아도 괜찮아 한 마디도

그런 일은 있을 수 있으니까
그저 지나가는 길에 머물러 있던 조각들이지
치워 버리면 기억은 낡아지다 작아지니까
새장 속에 갇혀 있지 않아도 돼
그저 흘러가고픈 곳으로 가면 되는 거야

작은 성냥개비에 불이 붙듯
네 안에 들어 있는 작은 불빛으로
새로운 힘을 엮어 가기를

날아가는 법을 아는 너의 머리 위에는
새로움이 있겠지
흔들리며 손과 손 얹었을 때 체온이 감기듯

슬피 울지 않아도 될 거야
규칙 따위는 버려도 되니까

꿈을 떨쳐 버렸다

잊어버리는 데는 무엇이 있어야 하는지 알 수 없었다

소리가 긁혀 돌아온다
안에서 터져 나온 발돋움이 핀다

갑갑해진 속을 들여다봐도 다른 모습은 발견할 수 없다
따끔거리는 손등에 난 상처는 며칠 후면 딱지가
앉아 지워지고 창밖의 시끄러운 기계음도 지나가게
될 것이다

긴 밤 꿈을 꾸었다
플라스틱 막대기들이 초록색으로 치장하고
자꾸만 걸어 나온다
무대인 듯 차례대로 걷는다

잠겨 있던 내부의 움직임이 들어난다
다 펼쳐 보이지 못한 색채들이 나타나
열대어의 무늬로 헤엄치고 있다

틀을 만들어 그 속으로 들어가려 했다

넓어져 가는 길을 메꾸려는 습성으로 인해
걷는 길은 어려워졌다

잊기 위해 쉬운 길을 찾아 나서야 할 때이다

꿈은 내면의 나를 통과하고 시험한다
움직이는 통로이기도 하다

만나야 할 우리였습니다

봄날에 만났던 그 교실의 창문을 기억합니다
봄볕이 퍼져 나가는 창가에서
너는 나를 불렀고 우리는 친구라는 이름으로
함께 했습니다
참 오래전 일인데도 기억합니다
만나야 할 우리였습니다

로또에 당첨되면 나눠줄 사람에 들어 있다네요
가슴 뜨거운 하나의 기억 만듭니다

우리는 바다를 좋아 합니다
푸른빛을 사랑하니까요
로또에 당첨되면 작은 섬 하나 살까요
섬사람이 되어 바다를 실컷 바라보며 살아 볼까요
파도에 쓸려나가는 모래 한 줌 집으로 들여올까요

저녁노을 바라보겠습니다
별이 심어진 밤하늘 올려다보겠습니다

가슴이 뭉글거리더니 뜨거운 것이 눈에서
뚝 떨어졌습니다
만나야 할 우리였습니다

같이 가는

가는 발목을 가진 사람을 부러워했지요
오래 뛸 수 있고 달리기를 잘 하리라 믿었지요

단거리 선수가 목표는 아니었지만
빨리 뛰고 싶었지요
잘 할 거라 굳게 믿으며
우직하게 갈 길 갈 테니까요

멀리 갈 수 있다면 같이 가겠어요
보폭 맞춰 같이 가야 하니까

원하는 거리를 향해 가도록 해요
각자의 방법으로 걸어가도록 해요

멀었다 했던 일들도
어느새 다가오듯
살아가는 일에도
속도와 온도의 조절이 중요해집니다

내일이 다가오면

버석거리는 건조함이 몸을 통과하고 있었다

완성되지 못한, 세게 부어지는 낱말들
가시가 돋으려 한다

설익은 나날이 쌓여 만든 길에
내일은 새로울 거라는
잊었던 말들이 새어 나온다

손을 잡아야 할 때가 있다
알고 있는 생각이 손끝에 닿기를 바라고 있다
그것은 단단하게 이어주는 끈이라 정해둔다

가라 앉아 있던 바닥에서 빠져 나오는
오래된 어제와 다가올 내일은 닿아 있다

앞으로 향한 감춰진 걸음이 거칠다
깊이 파인 발자국에
흐려지지 않을 순간을 담아낸다

지금은

저무는 저녁 같이 마음 바깥에 있었다

오늘의 끝자락에는
어떤 것들이 있는지 모른다

얽어 매인 것에서 풀어지고 싶어
마음 쓰며 사는 것을 줄이기로 한다
그냥 지나치기로 한다
아무렇지 않다고 혼잣말을 해 본다

어느 곳에서 못 알아보고 스칠 수도 있겠지만
들리는 소리들 제치고
지나갈 방향에 대해 생각하지 않는다

비어 있는 것은 적어서
가슴은 젖어들지 않는다
잊기로 했다

비빔국수

음식솜씨 좋은 친구의 손놀림이 익숙하다

학창시절 독서실에서 한밤중에
김치 몇 조각을 넣고 끓여먹던
라면에 담긴 친구와의 시간을 기억해 본다

밥을 먹는다는 것은
각자의 내부를 보여주는 낯익은 시간이며
정을 쌓아 가는 일이다

친구는 능숙하게
연둣빛 오이를 가늘게 채 썰고
잘 익은 김장김치 송송 썰어놓고
콩나물은 아삭하게 데쳐 놓는다
팔팔 끓는 물에 뽀얀 국수를 삶아
찬물에 재빠르게 씻어낸다

물기 뺀 국수를 가지런히 담고 고명을 얹어
매콤한 양념장에 비벼 한 입 먹으면
세상 부러울 게 없는 비빔국수가 된다

따끈한 멸치국물에 녹아드는
고이는 정이 넘치는 순간이다

산다는 일도 부대끼며
서로 섞여내는 일인 듯하다

정을 보내며

오늘도 나를 시험한다
글자 속에 박힌 의미를 찾느라 허덕인다
그들과 하나 되어 가자

차갑던 내 손이 오늘은 따뜻해져 있다
차가운 손을 녹여 줄 수 있는
잠시의 순간을 좋아 한다

본다는 일은 눈길이라도
나눌 수 있다는 표현이다
몸은 내일을 향해 있지만
지금이라는 중요해진 말에 이끌린다

누구에게는 소중하고
누구에게는 소소한 그런 눈빛들이 지나친다

커튼콜

커튼이 내려졌다
아무것도 보이지 않는다

파격세일이라는 안내문구가 나붙었다
가끔씩 눈으로만 보는 진열대에
이십여 개의 마네킹이 옷을 걸치고 서 있다

오늘은 새 주인 찾아간 옷을 비워내고
두 개의 벗은 몸이 자유롭다

계절을 알려 주는 유리 벽 속의 그녀들
밤이면 화려한 런웨이 밟아 보았을까
멋진 춤을 추었을까

같은 자세로 한 계절이 다 가도록 입고 있는 옷
지나는 발길 잡으려 바라보는 고정된 시선
어디에도 갈 수 없어 자리 지키는 발길
무대를 내려가는 허전한 손길

어둠으로 가려진 쇼윈도 앞을 지나며
관객 되어 커튼콜 박수를 보내 본다

편의점 안을 엿보다

빗줄기 거세어진 날
편의점 앞 차광막에 떨어지는 비의 비밀을 들으며
잠시 들어서서 비를 피한다

컵라면 먹는 사람과 우유를 집어드는 이
한 끼의 허기를 면하기 위한 일들은 순수하다

드나드는 손에 들린 물건들은 제각각이지만
모두의 편리는 지켜지고 있다

온갖 물건들로 가득 차 있는
편의점 안으로 시선을 옮긴다
순서를 기다리는 찬 음료수 병들과
온장고 안 따뜻한 두유들에 머문다

지난날의 기억 더듬어 보니
따뜻함 지키려 두유를 품고 있던 커다란 눈
사람스런 그 애의 모습 다시 불러내 본다
온기는 지금도 손끝에 닿아 있다

그때 그곳에 빗소리로 가고 있다

편의점 앞 거리는 비에 젖는다
떨어진 빗물은 보도블록 위로 튕겨져 나가고
틈새 작은 풀잎들이 흔들리고 있다

어쩌라구

아침 6시 20분 쯤
그 남자는 어김없이 소리를 지르며 걸어간다

앞산을 가는지
아파트 앞을 지나가며 버럭버럭
야, 새캬
뭐, 임마
뭐라구?
어쩌라구
뭘 어쨌는데
날씨 좋은 날은 정확하게 들리는 큰 목소리

두 시간 후
다시 반복되는
어쩌라구
뭘 어쨌는데

쌓인 것을 덜어내는 건지
발성연습인지
허스키한 목소리는 아침과의 인사이다

들을 수밖에
어쩔 수 없다

어쩌라구
웃으라구

시장 사람들

오래된 시장이 변하고 있었다

먼저 살던 동네의 시장을 들러 보는 일은 새롭다
어머니와 아들의 과일가게는 여전하고
젊은 청년들이 생선을 골라 주던
생선가게는 자리를 옮겼다

헐어낸 자리에 건물들이 높이 올라가고
여전히 사람들은 북적거리고 있다

수없이 지나다녔을 자리에 서 본다
없어진 가게에는 새로운 간판이 걸리고
낯선 얼굴들이 보인다

모퉁이에 있던 내의가게 아저씨는 보이지 않는다
다리 다친 뒤로 자전거도 못타고 느리게 걷던 모습이 떠오른다

아주머니의 야채가게가 노점에서 상가로 들어갈 때
보증금과 월세가 비싸다며 몇몇 사람들은
걱정 했는데 꿋꿋하게 잘 버티고 있다

오랜 전통을 지키는 연탄불 돼지 갈빗집의
연탄재는 허옇게 변해 쌓여 있다
퇴근길 위안을 주던 소주 한 잔과 함께

이렇듯 산다는 것에 끈을 이어가는 시장 사람들이다

거울아, 거울아

그대를 보고 웃는 연습을 합니다

혼자가 아닌 두 개의 내가 있습니다
손 마주 잡으니
그대 눈동자 나를 비추고
내 눈에도 당신이 있습니다
나는 나를 잘 모르고 그대는 그대를 알고
그대의 길에 마구 머물러도 되는지요

세게 쏟아지는 말들 다 흡수할 수 있는
능력은 내겐 없습니다
그저 나뭇가지에 가지를 쳐 나갈 뿐이지요

지나간 일들 돌아보니
단단한 형태의 블록을 지으려 했군요
느슨해져도 괜찮습니다

부풀었던 울림은 어색해집니다
바다에 가서 같이 걸을까요
비가 와도 괜찮습니다

토닥여 줄 거라 믿으니까요
위로의 힘을 알고 있으니까요

거울 속으로 들어가 봅니다
웃음 연습을 하러

서울과 파리

서울은 눈이 날리는데
파리의 날씨는 어떤지요

파리는 몇 시일까요?
아는 사람이 살고 있나요
아니요

한 번 가 본 적이 있었나 보네요
샹들리에 거리의 카페에 앉아 커피를 마셨군요
에펠탑에 올라가 파리 시내를 보고 싶군요
파리 사람들은 에펠탑이 보이지 않는 곳을 선택해
에펠탑 안에 있는 카페로 간다네요

그곳도 퇴근길 지하철은 복잡하더군요
꼼짝달싹 못하고 타고가다
내릴 곳을 놓칠 뻔 했어요

파리의 시계는 몇 시를 가리킬까요
서울보다 일곱 시간 느리다네요
서울이 밤으로 갈 때 그곳은 한낮이군요

그곳에도 사람의 일이란 같겠지요

사람을 향한 시각은 변하지 않을 텐데
받아들이는 온도는 다르네요

한가위 풍경

나는 보름달입니다
한 달에 두 번씩 저물었다 다시 피어납니다

내일이면 내 모습은 원형이 됩니다
흩어져 살던 가족이 만나는 날이라네요
이 곳 저 곳을 다니며 비춰보기로 했습니다

은영씨는 아이들을 오지 말라 했습니다
안 와도 섭섭하진 않지만 오면 더 좋겠지요
나눠줄 김치도 담고 송편도 빚어서 얼려 두었다네요
오지 마라 해도 다녀갈 아이들과 웃는 모습을 그려 봅니다

소단 씨는 준비한 음식을 식구들이 맛있게 먹는
모습에 힘든 것도 잊습니다
생선 한 점 얹어 손자 밥 먹이면
미소가 저절로 오릅니다

환한 얼굴들 한바탕 웃음이 번져옵니다
서운했던 일 모두 잊힙니다
많이 만나고 얼굴 익혀할 때입니다

아이들이 가야 할 시간이 됐습니다
더 보고 싶지만 각자의 자리로 돌아가야 합니다
안 보일 때까지 손 흔들며 아쉬움 달래 봅니다

사는 곳에는 육교 아래도 위도 있지만
오늘은 밝은 만남을 새겨두기로 합니다

의자를 찾습니다

거기 있었군요
당신을 찾았습니다

감춰진 말 들어 줄 수 있는
지칠 때 기대야 할 당신을요

어둠에 가려 보이지 않아도
더듬거려 찾아내기도 합니다

오래되어도 괜찮습니다
더 좋은 자리 탐내지 않습니다
다가가는 의미는 바꿀 수 없습니다

지나온 길 이어보니 많은 일들 담겨 있습니다
들여다보면 멀리 떠나지 못하는
이유를 알 것 같습니다

거기 있었군요
알아 차렸습니다

우리들의 거리는 가까워질 수 있다는 것을

신호등 앞에 서다

헤어짐이 엇갈려 간다
느리게도 빠르게도
약속에 대한 질서가 도로에 빨려 들어간다

가로지르는 부분과
평면을 향해 가고 있는 그림자들
각자의 가야 할 길로 흩어진다

잠시 모였다 지나가기를 반복하는
수많은 사람들의 거부와
긍정이 하루에도 수없이 이어지고 있다

고정된 그 자리에 아무 일 없다는 듯
무심히 시작되는 그늘막이 쳐진다

그늘 안에 있던
밖에 있던
모두의 숨 고르기는 계속되었다

소나기

일방통행 외길 앞에는 속수무책으로
피할 수 없다
온통 말없음표로 바뀐다
안으로 감춰진 발걸음 늦춰 본다

생각이 벅차오를 때
빗방울도 튀어 오른다

날라 온 흙이 모인 자리에 민들레는 자라났다
계단 옆 귀퉁이에 붙어
작아도 강한 견딤을 지니고 소나기를 맞고 있다

알 수 있다
옆으로 눈 돌리면
보이지 않던 모습들이 어디에나 있다는 것을

잠시 눈을 감는다
부딪힌 일들에는 어느 계절의 소나기였는지
돌아서 가는 길을 택하거나
잠시 멈춰 지나가길 바랬는지

그대로 맞아도
소나기는 쏟아지고 있었다

침묵

바람이 오고 가도록 간격을 두어야 한다
그 사이에는 다 말하지 않아도 되는
그런

무슨 말일까
왜 그럴까
상대의 표정 읽을 수 없는 날
입속으로 말을 펼친다

길가에 빈 투명 유리병이 서 있다
밤새 비 오면 빗물 담기려나
길고양이 지나가면 울음 넘치려나
지나가는 발자국에 놀라지 않을까
바람 소리 박혀 넘어지진 않을까

나가 보니 보이지 않는다
빈 곳에 남아있는 어둠이 칠해졌다

수많은 발걸음 가까이 지나갔다
어디에 있던
그것은 지나가게 되어 있었다

신발

끈적이는 껌이 붙었다
오른발의 세기는 강하고
달라붙은 껌을 떼려니 어렵다
주위를 기울이지 않은 탓이라 하기에는 번거롭다

신발 한쪽에 붙은 껌도 떼기 힘든데
마음 한편에 박힌 쓸쓸함은 어떠하며
그 속에 둔 뿌리는 어디로 퍼져 나가는지

도심의 지하철로
비 오는 거리로
헝클어진 민들레 풀씨를 만나러
벚꽃 잎이 쌓인 곳으로
헤쳐 다닌 길 위에 시간이 얹어졌다

처음으로 돌아가 다시 시작하기는 어렵다
신발은 바깥으로 치우치고
무게를 견딘다
어제를 잊고 내일을 밟는다

소음 속에 던져두었던 오래된 습관은
이야기가 되고 빗물이 되었다

지우고 싶은 날이 많았다

얼룩은 지워지지 않았다
물에 넣어 적셔 보고
햇볕에 건조되는 과정을 거쳐도 보았다
선명하게 되살아나는 상처를 잊기로 했다

오래된 영화를 보았다
영화 속 주인공의 앞에는
여러 갈래 길이 있었다
그가 선택한 길은 돌아보지 않는 길이었다

도심의 네온사인은 짙게 펼쳐졌다
불빛에 번진 것은 지나가는 눈물이었다
쇼 윈도우에 비친 거리는 젖어 있었다

전송되지 않을 문자 사이에
끼어버린 것은 나였다

거짓말

거짓말을 모르는 아이에게
그 말을 설명한다는 것은 어려운 일이었다

얘 야 !
하얀 거짓말도 있단다

거짓말을 뜯어볼 수 있다면
알아차릴 수 있다면

전화 속 목소리는
잘 지낸다고
아프지 않다고
몇 번을 물어봐도 같은 대답 들려온다

위로의 말
안심 할 수 있는 말
마음 여는 말 한 마디에 힘을 싣는다

하얀 거짓말에 속아 주는
던져 놓은 돌멩이 같은 하루는 지나간다

제4부

홀수

사람들로 붐비는 고속터미널역에 들어섰다
지하철 문이 열리고 수십 명의 사람들이 빠져 나온다
환승입구를 찾는 것도 미로를 건너는 일이다
어딘가로 가려는 짐이든 캐리어의 무게 실린
바퀴소리와 들려오는 옷 부딪히는 화음들이
부서져 간다
전화 거는 큰 목소리와 교차되는 시선들이 넘치며
손을 맞잡은 만나는 사람들의 웃음이 들려오기도 한다
빠른 걸음들이 바닥으로 쏟아진다
갈 길이 분주한 가운데 사람들의
흔들리는 조각들이 지하에 남는다
한바탕 소란스러움이 펼쳐지고
다시 빨려 들어가는 내린 수만큼의 사람들은
웃음기가 없다
지하철 안의 그들 모두 휴대폰을 보고 있다
커다란 백 팩이 나를 밀어내고 그의 품에서
웃고 있는 그의 연인이 있을 뿐이다
귀 옆에서 터지는 휴대폰 속 광고와
서툰 입자들이 마주침을 불러 온다
다른 시야에서 나는 외톨이가 되고 있었다

흩어지는 몸짓

떨어져 누운 낱말들이 쌓이고 있다

바깥으로 흐르지 못하고
얼어 버린 소리들은 안으로 금이 가고 있다

생략하는 말이 많아 툭툭 끊어져 나오는 단어들은
어디로 가고 있을까

수많은 기호에서 지느러미가 돋아나고
던져버린 언어는 말이 되지 못하고 잊혀진다
지느러미는 자라서 몸통을 가둬놓는다

흩어진 말들은 어딘가로 가서 그림자로
남아 있을까
바닥에 붙은 그림자는 떨어지지 않는다
길어지며 낮게 이어진 의미들은
낯설어지고 있다

놓쳐 버린 말들은
어디서 물고기의 이야기를 하고 있는지도 모른다

동화

동화에 나올 주인공 이름을 오래전에 지었어
두 줄 쓰고 막혀 버린 다음 바로 지워져가는
알갱이들 보였지
동화 속 주인공은 강섶에 사는 어린 수달 형제였지
그들의 장난 가득한 자유로운 유영을 그렸지
바람의 울음이 유독 왼쪽 귀에만 붙어 있었어
방향을 바꿔 보았지만 여전했어
어린 시절 엄마는 크리스마스 선물로 하모니카를
주셨어 혼자만의 음계를 배웠지 그 단단하고
차가운 감촉의 무게감에 반해 버렸고 입술에
닿는 날숨과 들숨의 미묘한 차이를 알게 되었지
언젠가는 혼자만 갖고 있던 소녀의 기도가 들리던
오르골을 잃어버려 찾을 수가 없었어
태엽 감던 손은 이제 커져 버렸지
입학선물로 받은 왼쪽 손목에 감겨있던 시계가
자랑스러웠던 때도 있었어
멈춰버린 햇살 아래 놓여있던 어제는
희미해져 가고 있어 이제 새로울 것은 없어
다시 동화 속 주인공들 삶으로 들어가야겠어
수달의 꼬리는 어떻게 생겼지

온종일 자맥질 하다 젖은 털을 햇볕 좋은 곳에서
말리고 있을 거야
또 다른 장난거리 찾느라 까만 눈동자를 빛내고 있겠지

가려진 주소

딱따구리 나무 동굴을 파며 들여가는 밤
손등에는 푸른 정맥이 흐른다

어두워진 참 두릅나무에 가려진 주소가 있다
그곳에는 어떤 소식이 배달되는지
봄의 엽서가 도착하고 있는 것은 아닌지

혼자 걷던 길에 나뭇잎 짙어진다
연못에 살고 있는 금붕어 빛깔은 붉어진다
다가오는 사이
멀어지는 사이
길은 구부러지고 잎이 무성해져 다가온다

봄빛을 앓은
낡아진 표정들은 조금씩
지워지기 시작한다
어둡던 이마에도 환한 빛이 돋아난다

디딤돌

돌 하나에서 무게를 짚어 본다

내 안에 짜임이 부족해 구겨진 채
펴지지 않는 종이 같은 외침이 있다

모난 부분 둥글어지려면
얼마나 많은 흐름을 지내야 되는지

빠른 물살에서 건져 올린 돌이 치워지니
가파르게 번진다
제자리에 놓아보니 한 번의 굴림에 다다른다
물은 직선에서 곡선으로 변한다

같은 물의 방향에서 디딤돌이 되려면
깊은 곳 낮은 곳
순서에 따라 정해진다
단단하게 놓여진 무게는 무겁다

건너는 이의 시름도 견뎌야 한다
평평한 받침이 되어 물결도 살펴야 한다

모두를 지나야
다음이라는 말이 새로워질 것 같다

지나가기를 바라지요
-코로나19에 부쳐

너무 멀어졌어요
그때로 돌아 갈 수 있을지
아직 나는 모르겠습니다

좀 쉬면 원래대로
갈 수 있을 거라 믿었지요

아는 얼굴들 미소 보는 줄 알았지요
하루의 일상이 이렇게 무너지기는 처음 입니다

두려움은 두께를 더해 가기만 하고
쉽게 여겼던 일도 어려워지고 맙니다
어서 예전으로 돌아가기만 바랍니다

지나가는 버스만 타면
보고픈 얼굴 만날 줄 알았지요
멀어진 거리만큼 마음이 줄어들지 않기를
채워진 빗장이 열리기를 기다리고 있습니다

이제 어느 자리에 있어야 할지 알아갑니다

던져 놓은 말이 쌓이다

떼어 놓은 말들이 짐이 되는 밤
굳어지는 언어들이 새들의 몸짓이었으면 했다

살펴본 방향으로만 살 수 없어
내일이라는 단어를 익혀야 한다

습관적인 말 한 마디에 베이고 만다
어디에도 두지 않고 사는 법은 없는 것일까
아무것도 아니라 하지만 깊게 물어 본다

서로는 서로에게
나는 나에게

던져두고 하지 못한 말이
물음에 대한 정확한 답이
어려워지고 있다

너에게 어디 만큼 도착 했는지 모르겠다
털어내기 보다는 안고 살아야 하기에

쉬워지기 위해
바라본 곳에서 멀리 보내야만 했었다

암호 18

계란 삶는 예약시간을 18분으로 정했다
친구들은 소극적 복수라고 말한다

수영장 옷장 열쇠를 18번으로 받은 언니는
오늘 좋은 일이 있을 거라고
손목을 들어 보이며 웃는다

맨 꼭대기 층에 사는 나는 하루에도 몇 번씩
엘리베이터 버튼 18을 누른다

운전하며 그는 가끔씩 18을 부른다
옆에서 나는 세븐 틴을 외친다

우리 엄니 노래 18번은 '사랑은 나비인가봐'이다

벤치의 일

힘들게 부여잡은 소리만 떨렸다
매미들의 껍데기는 먼지가 되었을까

그림자를 만들고 담벼락 밑에 서 있다
누군가 찾아 주기 바라며

몇 명의 사람들이 앉았다 떠나고
빈자리가 된다
빈 몸이 된다

햇볕에 칠이 벗겨져 사나운 못 자국을
드러내 보인다
몰아치는 바람의 거친 날숨과
쏟아 붓는 빗소리의 굴곡을 듣는다

그 자리에 그대로
도망치지 못하는 내용들이 채워진다

붉어진 눈물 다가와 겨울 부르면
이루고 있던 시절을
들춰내 보는 일이 하루의 전부였다

변화를 위해

오늘도 기다리는 중이다
유리컵 속 소용돌이가 잔잔해지기를

그곳에 없는 사람으로 남았다
그것은 내가 선택한 일이지만
조급해 하지 않고 느리게 흐르는
강물이 되어야 한다

피지도 않고 져버린 후리지아 꽃잎이
두껍게 느껴지는 밤이다
물을 많이 먹도록 짧게 잘라 주어야 했다

내 안에 답이 있는데 알지 못하듯이
미리 알지 못한 이유로
잃어버린 일부분은 떨어지고 만다
밀려가는 바람이 되었다가 지워진다

서로를 모른다 해도 아프지 않을 만큼
지나가면 잊혀질 것을 알고 있다

시작과 끝은 같다

부딪히는 조각들은 비어 있었다

어긋난 온도는 차갑고
한 올의 말이 피어나다 지워져 갔다
나는 이쪽 끝에 서 있고
처음을 잡고 있다

사각의 창은 차갑고
별은 스스로 빛을 낸다

냉각된 얼음은 풀어지고 빛이 차오른다
눈물이 되고 있다 별빛은

끝에서 다시 시작되고 있다
뿌려진 하루는 빨리 자라고 씨앗은 더디다

아픔은 사람의 어느 구석에나 펼쳐진다
너는 저쪽에서
끝을 잡고 있다

시작과 끝은 겹쳐서 가고 있다

병원에서

소음이 부서지고 있다
병원에 온 많은 사람들을 살펴보았다

깁스한 아내의 손을 바라보며
다른 손 꼭 잡은 젊은 부부와
아픈 아내 옆에 꼭 붙어 다니는 중년부부

따뜻한 온도를 저장한다

딸의 부축 받으며 의자에 앉은 모녀
딸은 어머니의 주름진 손 살갑게 부비고
옷깃을 여며 주기도 한다
뜨거운 말들이 쏟아지고 정의 시선이 깊다
그들은 서로 닮았고 친밀하다

눈을 감는다
몸을 작게 말아서
아늑하고 불빛 엷은 태아적 동굴 속에 이어본다
누구나 어머니의 양수 속에서 태어난다
열 달은 서로의 몸짓으로 심장소리로 남는다

연결된 자국이 꽃으로 피어 배 위에 얹어졌지만
혼자 태어난 듯 잊은 채 살아간다

아프고 힘들 때면 불러보는 이름이다
기울어진 어깨가 젖어든다

간호사의 호명에 반사적으로 일어나는 몸
눈을 뜬다

틈

조약돌을 투명 플라스틱 통에 담고
모래를 넣는다
돌과 돌 사이 비집고 들어가는 모래알

흔들어 본다
고루 섞여 흐르는 모래알은 무늬를 이루고
움직이며 눈앞에 다가 온다

비어 있는 곳 메꾸어 가며
부드러운 모래는 돌을 품어 준다
틈새는 어딘가로 달아나 버린다

모래로 바뀌기 전의 모습은 돌이었다고
서로에게 무엇을 묻고 답 할 수 있을까
품어주는 틈을 향한
서로의 몸짓으로 이어간다

흔들리며 모았던 말들이
일순간 튕겨져 멀어지고 있다

자유

찢어진 책장을 붙이려 했다
조심스런 손길로 이어본다
처음 같지 않고 무거운 쪽으로 넘겨진다

완벽해지지도 않는다
두꺼워지고 흠집이 남아 애 태운다

생각은 고정된 문이 아니다
움직이고 날아가고
여닫을 수 있어야 한다

닫혀 버린 시선을 풀어두고 있다
바깥에 두었던 오래된 약속은
하나도 남아 있지 않다
그런 밤이 늘어나고 있다

지키고 싶어 마음 한편에 넣어둔다
너와의 사랑이 늦게 자라 아직도 진행형이었다

사랑은 흘러간다

보내지 못한 편지로부터 시작되는 꿈이 있었다

질문은 커져가고 겹겹이 늘어나는 답은
내부로 파고들었다

사랑하는 것은
아플 만큼 아파야 했다

접힌 하루 가운데 바람소리 감추었던 밤이 있었다
나뭇가지 타고 빗물이 흘러갔다
어디서부터 이탈되어 갔는지
번져가는 빗자국이 공기 중에 흔들렸다
변하지 않은 것은 꼬마전구를 감싸 안은
사철나무의 불빛이었다
하나에서 하나가 생겨나는 순간은 가벼워졌다

사랑한다는 것은
먼 바다이며
먼 사막이며
머문 빗물을 부르고

달빛 스미는 소리 들여 놓고
한 걸음씩 다가가 부풀어지는 일이었다

사랑은 첫눈 오듯
언제 도착할지 모르는 소식 담고
서서히 자라 커져 가는 중이었다

영혼의 거울 앞에서 시의 화장을 고치며 생을 마중하다

이옥주 시인의 세 번째 시집
『소나기 지나고 난 자리는 밝다』에 붙여

이충재(시인, 문학평론가)

1. 시인을 만나며

순수한 영혼을 지닌 시인 한 사람을 만났다. 참으로 기뻤다. 한 사람의 맑고 착한 영혼과 성품을 지닌 이웃을 만나기가 여간 어려운 것이 아닌 이 시대에 한 사람의 동지를 만난다는 것은 아주 큰 행복이자 행운이 아닐 수 없다.

이옥주 시인이 바로 그 주인공이다. 이옥주 시인에 대한 모습은 아련하다. 그만큼 차 한 잔의 여유를 놓고 삶을 이야기해 본 기억이 없다. 단 경험했다면 이옥주 시인의 두 번째 시집 『쓸쓸한 약』을 정독하면서 시인의 감성을 진하게 공감했다는 것이다.

특히 시를 쓴다는 것은 더더욱 진실게임의 승자를 예고하는 영적인 작전과도 같다. 물론 시인들 틈에서도 가짜가 수두룩하다. 순수성이나 진정성의 부재에도 아무런 부끄러움이나 죄의식을 모르는 유사 시인들이 곳곳에 즐비하다는 말이다. 그래서 진짜 시인을 만나면 부둥켜안고 막걸리든 진한 커피든 마시면서 삶과 문학을 밤이 새도록 이야기하고 싶은 것이다. 바로 이옥주 시인이 그런 류의 시인임을 확신하게 된 것이 바로 세 번째 시집이 주는 순수요 그 내면을 울리는 감성의 결과물로 인한 때문이다.

시는 본래 그 사람의 자연성과 영성을 그대로 투시하여 독자들에게 드러내 보인다는 점에서, 시를 읽고 쓰기를 반복하다 보면 마치 숙명처럼 자연스럽게 그 특이성을 발견하게 된다. 그래서 시를 손에서 놓을 수가 없는 것이며, 돈이나 명예나 권력의 방편이 되지 않으나 시의 숲에서 한 생애를 보내겠다고 결심하는 것이다. 이번 이옥주 시인의 시들 대부분이 시인의 가슴 속 아름다운 감성들이 피워낸 꽃 만개한 정원과도 같아서 참으로 감사하고 행복했다. 그렇지 않아도 야생짐승들 난무한 밀림과도 같은 일상의 저지대에서 곤고함을 위로받을 길 없는 필자나 독자들의 영혼을 솔직담백하게 드러내 보여주고 위로받게 하는 양분이 된다는 점에서 이옥주 시인의 시 세계에 심취하게 되는 것이다.

세퍼드 코미니스는 『나를 위로하는 글쓰기』를 통해서 "위로가 필요한 시간, 자기만의 이야기를 써라. 다른 사람에게서 받는 잠깐의 위로보다 스스로 치유되는 기적을 만날 수 있는 글을 쓰라."고 권하고 있다. 지금은 최소한 시인들이 이러한 태도를 견지한 채 문학을 대한다면 조금은 낮은 곳으로 내려앉아야 하지 않겠는가 하고 도움을 요청하고 싶은 것이다. 그래야 비로소 독자들이 깊은 위로와 용기를 얻을 수 있다고 생각되는 것이다.

이옥주 시인이 이와 동등한 키 높이에서 시 창작 행위를 해 오고 있음이 큰 위로가 된다는 점에서 세 번째 시집 『소나기 지나고 난 자리는 밝다』가 떠날 채비를 마치고 나서는 먼 여행에 동반자를 자청한다.

2. 시인의 시와 동행을 하며

현존하는 독일 최고의 철학 석학인 페더 비에리는「글을 쓰면서 스스로를 알아내기」에서 무엇보다 서사적 텍스트를 쓰는 것은 자기 인식의 풍부한 원천이 된다고 했다. 자기 자신에 대해 배우는 일은 여러 가지 매우 다양한 차원에서 이루어진다고 했다. 가장 쉽게 접근할 수 있는 차원은 선택된 특정 주제를 놓고 쓰는 것이라고 했다. 그러나 시문학의 특징은 그 수준을 넘어서 시인의 다양한 현실적인 삶과 감성의 경계를 오고 가는 그 자유로부터 돌출되어진 세계라는 점에서 가치가 있는 것이다. 그 경험의 세계가 이룩해놓은 이옥주 시인의 시적 산물을 만나 보기로 한다.

우체국 앞
리어카에 실린 버려진 새장 안에는
휴지조각들이 가득 차 있습니다

금빛 새장은 공중에 매달려 있었겠지요
갇힌 새장 안에서 새는 주인을 위해
고운 소리 들려주었을까요
차가운 금속 망에 발가락 걸치고
울어 댔을까요

멈춰 서 조심스럽게 귀 기울여 봅니다

날아가기 원했던 새는
겨울 눈 속으로 날아갔을 겁니다
깃털을 날리며 가볍게

겨울은 채워지지 않고
버려지는 날들이 많아집니다
-「새장」 전문

시인의 감성은 아주 낮은 대지에 뿌리를 내리고 자라는 돗나물꽃이나 제비꽃과도 같이 키가 작다. 그러나 이들이 드러내 보이는 위상은 화려한 장미나 백합보다도 짙은 감성을 지니고 있다는 점에서 많은 사람들의 깊은 사랑을 받는다. 앞의 시를 보면 그러한 사유의 특이성을 발견하게 된다. 예사롭지 않은 사유의 견고성이라고 해야 할까, 아주 예리하고도 섬세한 관심이라고 할까. 시인만이 가지고 있는 감성의 특이성이라고 할까. 그 이성과 감성의 교착점에서 분출되는 사물과의 긴밀한 내통이 빚어낸 경이로움이 자아내는 가치를 발견하게 된다. 그런데 그 가치는 단순한 가치가 아니라 이 시대를 엉금엉금 기어가는 날개 부러진 새가 아닌 창공을 향해 비상해야 하는 인간의 자유를 느끼게 하는 힘인 것이다. 많은 사람들이, 저도 날지 못하면서 자꾸만 이웃하는 이들의 날갯죽지를 부러뜨리고 대리만족하려는 마귀의 습성에 익숙해 있는 시대에, 인간의 그 울부짖음이 바로 시인의 가슴 한편에서 불일 듯 일어나고 있음을 앞의 시에서 볼 수 있다. 어디론가 날아갔을지 모르지만 긍정적 의식의 눈으로 느껴 보건대, 혹독한 눈보라 치는 겨울 그 숲을 지나서 그들이 그리워하던 본향으로서의 어느 지점을 향해 비상을 기대하는 시인의 남다른 정서적 힘을 발견할 수 있다. 앞의 시와 함께 「매미나방」「비둘기와 씨앗」「새와 깃털」「새는 날아간다」「거미줄」과 함께 감상하다 보면 좀 더 그 이미지의 새로움을 느끼게 된다.

큰 나무 밑
부러진 나뭇가지를 몇 번이고 물고 가는

까치를 보았다

가지를 잘게 잘라 놓아 주었다
부리에 물어 나르는 나뭇가지는
든든하게 집을 짓는 버팀목 되어
알을 품을 수 있을 거라 믿었다

둥지를 지으려 애쓰는 흔적이 보여
한참 동안 그 자리에 서 있었다

산다는 일은
힘든 것도 슬픈 것도 이겨내며
도착해야 할 어떤 지점 일지도 모른다

겨울이 시작하려 할 때 아보카도 씨를
빈 화분에 심었다

찬바람이 가까워지자 싹이 나왔다
모두 살아가기 위한 힘을 품고 있었다
「살아가는 힘」 전문

이 시대는 온갖 화려한 무대만을 추구하려고 서로 머리를 싸매고 치열하게 경주하고 있다. 서로가 주연이 되고 싶어

난리 법석들이다. 진실이 외면당한 채 온통 정치적이다. 능력과 진실성을 지니지 못했음에도 불구하고 주연으로서의 스포트라이트를 받고자 혈안이 된 이들의 행색이 꼴불견이다. 그러나 시인의 행보는 절대 그렇지 않다. 인간의 내면에 숨겨진 진주와도 같은 진정성과 순수성을 지닌 삶만이 병든 시대를 치유하는 처방전이요 그 결과물로서의 정신을 치유하는 절대효능을 지닌 약인 것이다. 그 효능을 위해서 시인은 스스로 외롭고 고독하고 쓸쓸하고 아파한다. 그 상처적 시간들의 틈 속에서 연단을 거듭하면서 자신의 사상을 외부로 융기시켜 발산시킬 때 비로소 그 시가 돋보이는 것이고 그 시인의 삶을 통해서 정의가 드러나는 것이다. 두 번째 시집 『쓸쓸한 약』의 연장선에서 「살아가는 힘」은 좋은 예가 되겠다. 이런 것이 이옥주 시인이 삶과 사유의 산물인 시를 통해서 발견하고자 하는 가치적 정신세계에 끌리는 강점으로서의 에너지인 것이다. 그래서, 다시 살아야겠다는, 어떻게 살아야겠다는 신념의 그 힘이 느껴지는 것이다. 이 시와 함께 「바다로 가는 길」과 「오래된 느티나무 옆에서」와 함께 읽는다면 그 의미의 깊이가 대치 혹은 병치의 의미를 지닌 채 삶의 가치적 소망의 노래로 들려져 깊은 맛을 느끼게 될 것이다.

잘려 나간 벚나무 가지의 속살을 본다
뻗어나가려면 다른 방향으로 걸어가야 한다

기다려야 한다
조금씩 새살 오르면
그 자리에 있어야 하는지를 알게 된다

다시 있던 자리로 돌아오는
제 그림자를 지켜본다
믿지 못했던 것은 지나간다

빗물을 머금은 어제는 여릿하고
시계추의 흔들림으로 보낸
오늘을 펼쳐본다

봄이 열리는 시절을 돌아보려 한다

오래된 연못에
물고기 두 마리 봄비 속으로 뛰어 들고 있었다

-「봄을 탐하다」 전문

봄은 생동의 계절 그 이상의 의미를 지니고 있다. 인간으로 말하면, 사랑을 가득 품은 모정을 지닌 채 나고 자라고 늙고 이내 본향으로 향하는 한 여인으로서의 깊고 넓은 품과도 비교할 수 있을 만큼 봄은 생명력이 풍부한 젖가슴을 지닌 대지로의 진출을 예견하는 정서적 산물이다. 이옥주 시인의 시들을 감상하다 보니, 유독 비와 연관된 혹은 여성 본능으로서의 계절 감각을 회화한 작품들을 여러 편 발견하게 된다. 시집의 표제작인 「소나기 지나고 난 자리는 밝다」를 비롯해 「비 오는 수요일」「폭우」「입수」「소나기」「봄빛을 나누다」「오월」「소리, 꽃 구경」「덩굴장미의 소란」「카네이션」「사랑은 흘러간다」 등의 작품들이 그렇다.

이옥주 시인의 시를 읽다가 필자는 문득 헨렌 니어링의 『아름다운 삶, 사랑 그리고 마무리』의 내용의 글들이 마치 씨줄과 날줄로 엮어져 시대의 병을 톡톡히 앓으면서 힘겹게 살아가는 뭇 영혼들을 포근하게 감싸 안는 느낌을 받았다. 그 이유는 이옥주 시인의 세 번째 시집에 수록된 대다수의 작품들에서 헨렌 니어링의 자유적 힘과 일맥상통한 사유적 공통분모가 느껴졌음을 의미하는 것이라고 할 수 있다. 그 이미지가 이번 시집이 품고 있는 향기라고 할 수 있다. '봄을 탐한다'는 것은 탐욕으로서가 아닌 온갖 생명을 발산시키고 삶을 삶 되게 하는 그 정신을 지닌 순수성을 직감하는 시인이 애써 불러 소망하는 내용을 담은 주제이기에 더욱 원숙한 빛이 나는 결과물이 되었다.

건널목에 서 있는 내 그림자
초록불이 되려면 아직 멀었고
자동차가 지나가면 그림자는 어찌될까

뒤로 물러설까
차도에 깔려 있는 그림자는 무게를 잃고 서 있다

흰색의 자동차가 지나가며 나를 싣고 떠난다
택시에 비쳐진 몸은 또 다른 곳으로 떠난다

신호등이 바뀌지 않았으면
나는 계속해서 어딘가로 실려 가겠지
가볍게 올라탄 자동차에서 나는 울지도 모르나
떠날 곳을 정하지 않았기에
더 자유로울 수 있을지 모른다

-「그림자」 전문

비단 칼 구스타프 융의 그림자 개념을 들지 않더라도, 우리는 '그림자'가 지닌 속성으로서의 시대를 그리고 삶의 허와 실에 대해서 충분히 가늠할 능력과 경험치를 지니고 살아가고 있다. 물론 21세기 인간들에게 그 의미를 묻는다면, 되돌아올 말은 뻔하겠지만, 그래도 진정성을 잃지 않고 살아가려고 애쓰는 사람에게는 기대를 해 봄직한 사유의 그늘로서의 존재론적 질문과 답을 기대할 수 있는 것이다.

이옥주 시인의 시적 이력보다도 그의 삶의 역사가 결코 가볍지 않다는 것을 앞의 시를 읽다가 문득 발견하였다. 이 시대의 사람들은 파손된 혹은 충분히 결함을 지닌 인생의 브레이크 장치를 안고 달려들 가는 질주본능이란 속성에 젖어 살아가는 이들 투성이다. 이러한 시대에 이옥주 시인은 낮은, 혹은 위태로운 인생의 건널목 한 편에 서서 자신의 삶을 반추하기도 하고, 청사진을 그려 보여주고 있음을 가감 없이 노출 시키고 있는 것이다. 이는 독자들에게, 혹은 불특정 다수와 이웃하는 이들에게 진지하게 말 걸기를 시도하고 있는 셈이다. 그 시도에 주요한 방법론을 들라면 존재론적 질문보다 더 중요한 것은 없다.

자신을 드러내 보여주면서 말을 걸어올 때 사람들은 진정성을 느낀다. 시인 자신이 연약하고도 부끄러운 삶의 민낯을 드러내 보이며 손을 내밀고 품을 내어 줄 때 비로소 사람들은 불신과 의심이란 무장을 해제하고 다가와 소통에 응하는 것이다. 시인의 그 존재론적 방식이 앞의 시에 깊게 뿌리 내리고 있어서 필자는 시인의 삶 전부를 보는 듯하다. 앞의 시 곁에 존재론 의미가 담긴 또 다른 시 「빈 곳」 「버스 정류장」 「신호등 앞에 서다」 「너에게」 등을 살짝 돌려세워두고 읽는다면 그 의미가 더욱 새롭게 다가올 것이다.

거기 있었군요
당신을 찾았습니다

감춰진 말 들어 줄 수 있는

지칠 때 기대야 할 당신을요

어둠에 가려 보이지 않아도
더듬거려 찾아내기도 합니다

오래되어도 괜찮습니다
더 좋은 자리 탐내지 않습니다
다가가는 의미는 바꿀 수 없습니다

지나온 길 이어보니 많은 일들 담겨 있습니다
들여다보면 멀리 떠나지 못하는
이유를 알 것 같습니다

거기 있었군요
알아 차렸습니다

우리들의 거리는 가까워질 수 있다는 것을
「의자를 찾습니다」 전문

이 시를 읽으면서 줄곧 긴장감을 놓지 않았던 이유가 있다. 이옥주 시인의 호흡이 여기서도 아름답게 분출되고 있음을 발견할 수 있었기 때문이다. 그 중심선을 강타하며 형이하학적 아랫것이 아닌 형이상학적 존재론적 위엣것을 향하고 있음을 볼 수 있다. 그러니까 시인은 끊임없이 자신에게 묻고, 방향을 정하고, 옷을 입히기도 하고 벗기기도 하고, 먹기도 하고 굶어 보기도 하고, 눈물 흘리기도 하고 미소 지어 보이기도 하고, 떠났다가 다시 돌아오기를 반복하면서 끊임없이 그 무엇을 찾아서 나서는 긴 여로에 서 있음을 반증하는 시 쓰기를 하고 있는 것이다. 그것이 하나의 의자로 비유되었을 뿐, 그 의자의 주인공이 누구였으며, 누구여야 하는가는 시인만이 알게 되지만, 또한 독자들도 같은 질문과 탐구를 꾀하게 되는 마중물이 되기도 한다. 앞의 시는 가장 시인다운 존재론적 탐구의 발로에서 발견되는 삶의 지향점이 된다는 점에서 함께 수록된 시 「만나야 할 우리였습니다」를 동일한 선상에 놓고 보면 그리움이, 그리고 삶의 경계선상에서 느껴지고 기다려 온 그 삶의 애틋함이 더욱 깊게 느껴진다.

이 밖에도 앞의 시와 동반되는 작품들을 따라가 보면 다음과 같은 시들을 찾을 수 있겠다. 「같이 가는」 「내일이 다가오면」 「지금은」 「그곳은」 「가려진 주소」 등이 그 예라고 할 수 있다.

3. 시의 먼 여행의 안전과 역할을 기대하면서

필자는, 이옥주 시인이 지금까지의 세월 속에서 엮어진 결과물을 한 자리에 세워두고 작별을 고하는, 즉 시집을 보내는 예식에 초대받아 함께 호흡을 하였다. 늘 이럴 때면 허전함과 동시에 숙연한 심정이 동시에 엄습하는 두려움을 공감하는 것도 뜻이 깊기에 감사하다는 인사말을 곁들이고 싶다. 아마도 시인이 덜 외로운 것도, 그리고 덜 허전한 것도 시를 사이에 두고 공감할 가장 가까운 이웃으로서의 동행이 허락된 까닭이라고 감히 말할 수 있다.

바바라 버거가 그의 저서 『하마터면 행복을 모르고 죽을 뻔했다』에서 고백한 것처럼, '세상에 내 마음대로 되는 게 아무것도 없다고 느낀다면, 세상이 바라는 대로 나를 꾸미기 바쁘다면, 자신의 감정을 꽁꽁 숨기고 있다면, 행복의 기준이 도대체 뭔지 모르겠다면, 주변에 내 편이라곤 한 명도 없는 것 같다면, 입에 '결코' '절대' '누구도' '완전히'와 같은 극단적인 말만 달고 산다면, 그럼에도 불구하고 행복해지고 싶다면 어떻게 해야 할까?'

이옥주 시인은 이 같은 진정성 깊은 물음에 답하기 위해서 이 시집을 잉태하여 잘 키우고 이내 출가시키려고 이 시집을 마주하고, 조금은 아쉬운 마음으로 그 출발지점에 서 있을 것이다.

시인은 회의론자는 아니면서도 회의할 줄 아는 용기를 지니고 있으며, 염세적이지 않으면서도 염세적 사유의 늪을 자신 있게 뛰어들 줄 아는 담대함을 지닌 창조물 중 창조물이다. 이와 같은 자기고뇌적 삶을 선택하고 집중하여

한 편 두 편의 시를 창작하고 그 원리를 독자들 앞에 내놓을 때, 독자들은 이웃이 되고 형제가 되고 동지가 되는 것이다. 그 보잘 것 없는 형이하학적 땅엣것만을 추종하다가 후회하고 불행한 삶을 살다가 가는 이들이 아닌 영원한 가치를 지니고 찾아가는 동력이 소진되지 않는 채, 저 너머 제3의 여행지를 향해 힘차게 즐거운 마음으로 떠나는 것이다.

끝으로 거친 황무지와 같은 대지로 시집을 떠나보내는 이옥주 시인을 향한 멘토들의 당부와 글을 덧붙여 외로운 동행이 아닌 시와 이웃하는 동지들을 불러올 마중물로서의 기능을 할 수 있는 양식을 덧붙인다. 이 또한 이옥주 시인의 남은 시 작업과 시 인생에 작은 하나의 시적 이정표이자 멘토링이 될 수 있으리라 기대를 걸어보는 의도이다.

이성복 시인은 '시와 현실적 삶'을 말하면서 다음과 같은 공감을 주고 있다. "우리가 시를 사랑하는 것은 바로 우리가 생을 사랑하기 때문입니다. 우리 삶의 아주 하찮은 것들조차 시의 어머니입니다. 저녁에는 이 세상과, 이 세상에서의 삶 가운데서 소중하지 않은 것은 하나도 없다는 생각이 들어요. 그러니까 아들의 사랑이 언제나 그 어머니의 사랑에 미치지 못하듯이, 우리가 쓰는 시는 언제나 이 세상에, 그리고 우리들 삶에 빚지고 있다는 것이겠지요." 이는 진정성과 순수성을 잃지 말고 시를 쓰라는 당부라고 본다.

김우창 교수는 '인간 중심을 넘어서'를 언급하면서 하이데거의 말을 빌려 당부하기를 "사람은 시적으로 산다고 할 수 있습니다."고 했다. 이는 이 시대가 불행 혹은 불온한 상황을 연출하는 죄인이라는 극명한 사실을 언급한다고 하겠다. 이 순수성과 시의 감각과 시인의 내적 멋을 상실하였기에 시대가 암울하고 어둡고 정의가 비틀거리면서 죽어가는 것이 아닌가 하는 심각한 과제를 시인들이 스스로 알아야 한다는 메시지로 읽히는 것이다.

김규동 시인 또한 '멀리 떠나는, 그리고 앞으로 더 가치 있는 시를 창작하려는 후배 시인'에게 다음과 같은 말로 격려를 아끼지 않고 있다. "쉬운 시를 쓰다가 어려운 시를 써도 좋고, 그 반대로 해도 좋아요. 문제는 시를 쓰는 사람의 삶이라고 봐야죠. 어떻게 살아가느냐에 따라서 시가 달라진다는 겁니다. 누구나 시를 쓰는 길은 열려 있어요. 쉬운 시부터 써 보세요. 사랑, 죽음, 생명은 영원한 시의 주제가 되지요. 한 마디로 삶을 떠난 시는 존재할 수 없다는 겁니다. 혹 있다 하더라도 형태는 시겠지만 생명이 없고 죽은 시에 지나지 않아요. 결론적으로 살아 있는 시는 무엇이냐? 펄펄 끓는 감정이 담긴 시라고 봐야죠. 그런 시를 만들어내는 게 시인의 존재 이유이고 살아 있는 목적인 거예요."

이제 필자도 이옥주 시인의 삶 중심에서 보듬어 안고

양육한 시와의 아름다운 작별을 해야 할 시간이다. 서로
시 향기를 발하면서 언제나 의미 있고 가치 있는 삶의
동반자로서의 그리움에 화답하는 시적 동지로서의 매개자가
되어 주기를 바라면서, 이옥주 시인의 시가 어둡고, 슬프고
아프고, 상처 가득하고 힘겹게 살아가는 이들의 말동무로서,
영혼의 민낯에 시의 화장을 입히고 시대를 밝혀 주는
거울이자 치유 역할자로서의 빛이 되어 주기를 간절히
바라면서, 사랑의 메시지를 마치기로 한다.

이옥주 시인! 독행자의 길 승리하시고 시와 더불어 크고
놀라운 행복을 고백하실 수 있기를 거듭 부탁드립니다.

seestarbooks 017

이옥주 세 번째 시집

소나기 지나고 난 자리는 밝다

제1쇄 인쇄 2021. 6. 25
제1쇄 발행 2021. 6. 30

지은이 이옥주
펴낸이 김상철
펴낸곳 스타북스

등록번호 제300-2006-00104호
주소 서울시 종로구 종로 19 르메이에르종로타운 B동 920호
전화 02-735-1312 팩스 02-735-5501
이메일 starbooks22@naver.com

ISBN 979-11-5795-596-1 03810